Die Kinder, die vor Hunger nicht einschlafen konnten, lagen wach in ihren Betten und hörten jedes Wort. Gretel fing an bitterlich zu weinen.
„Hab keine Angst", sagte Hänsel, „ich glaube, ich weiß wie wir uns retten können."
Er schlich in den Garten. In dem hellen Mondlicht glänzten die kleinen, weißen Kieselsteine auf dem Weg so hell wie Silbermünzen. Hänsel füllte seine Taschen mit den Steinchen und ging zurück ins Haus, um seine Schwester zu trösten.

The two children lay awake, restless and weak with hunger.
They had heard every word, and Gretel wept bitter tears.
"Don't worry," said Hansel, "I think I know how we can save ourselves."
He tiptoed out into the garden. Under the light of the moon, bright white pebbles shone like silver coins on the pathway. Hansel filled his pockets with pebbles and returned to comfort his sister.

Am nächsten Morgen weckte die Mutter ihre Kinder vor Sonnenaufgang.

„Schnell, steht auf! Wir wollen in den Wald gehen. Hier ist ein Stück Brot für euch, aber esst es nicht alles auf einmal."

Dann brachen sie auf. Hänsel blieb alle paar Schritte stehen und und blickte nach dem Haus zurück.

„Was machst du denn da?", fragte der Vater ärgerlich.

„Ach, ich winke nur meiner kleinen, weißen Katze auf dem Dach."

„Usinn!", sagte die Mutter, „lüg nicht, das ist nur die Sonne, die auf den Schornstein scheint."

Jedesmal, wenn er sich umdrehte, warf Hänsel heimlich ein paar Steinchen auf den Weg.

Early next morning, even before sunrise, the mother shook Hansel and Gretel awake.

"Get up, we are going into the wood. Here's a piece of bread for each of you, but don't eat it all at once."

They all set off together. Hansel stopped every now and then and looked back towards his home.

"What are you doing?" shouted his father.

"Only waving goodbye to my little white cat who sits on the roof."

"Rubbish!" replied his mother. "Speak the truth. That is the morning sun shining on the chimney pot."

Secretly Hansel was dropping white pebbles along the pathway.

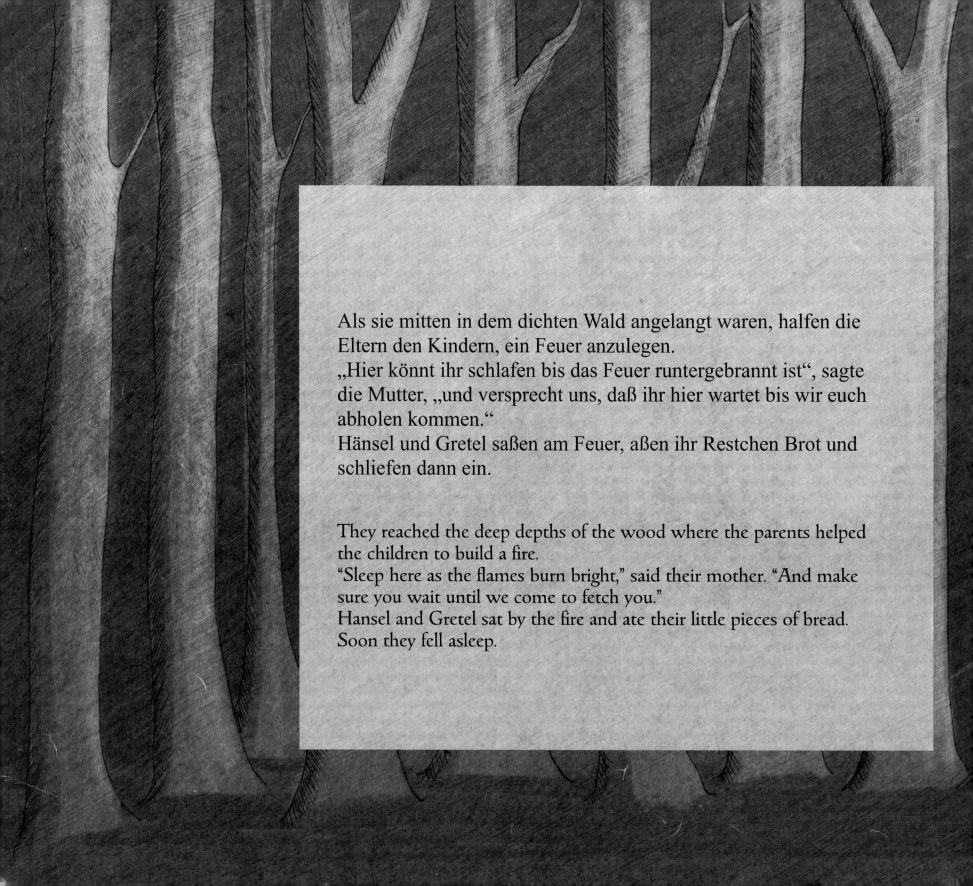

Als sie mitten in dem dichten Wald angelangt waren, halfen die
Eltern den Kindern, ein Feuer anzulegen.
„Hier könnt ihr schlafen bis das Feuer runtergebrannt ist", sagte
die Mutter, „und versprecht uns, daß ihr hier wartet bis wir euch
abholen kommen."
Hänsel und Gretel saßen am Feuer, aßen ihr Restchen Brot und
schliefen dann ein.

They reached the deep depths of the wood where the parents helped
the children to build a fire.
"Sleep here as the flames burn bright," said their mother. "And make
sure you wait until we come to fetch you."
Hansel and Gretel sat by the fire and ate their little pieces of bread.
Soon they fell asleep.

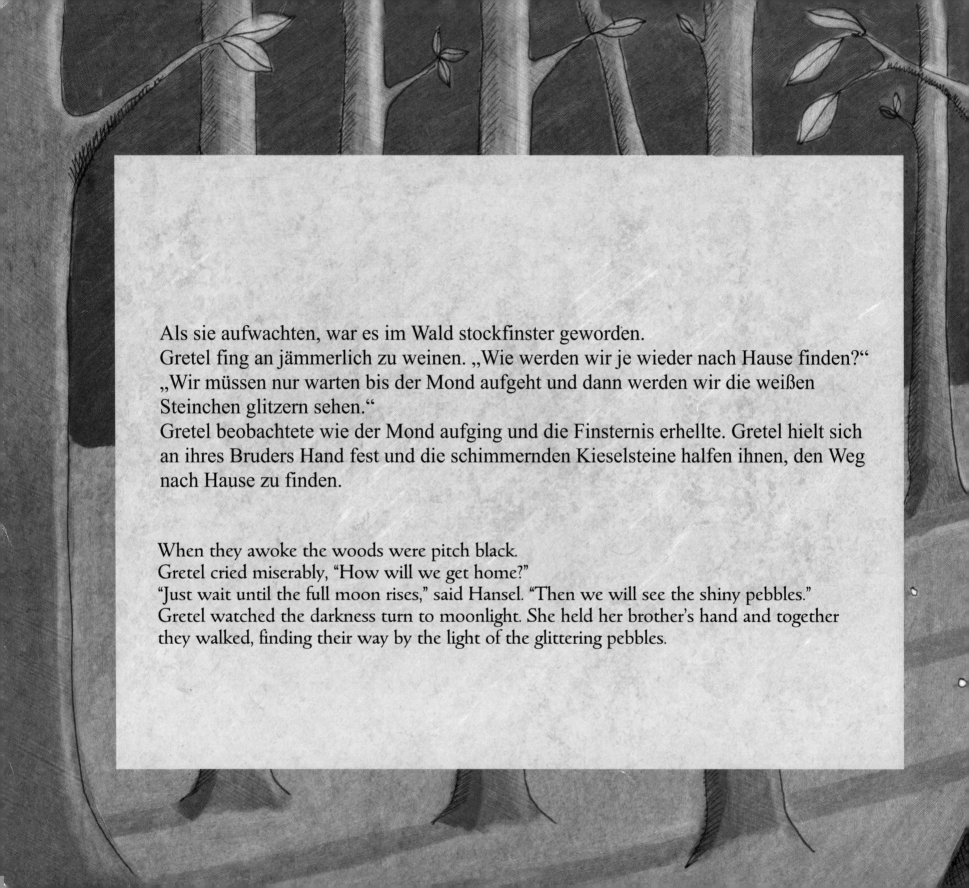

Als sie aufwachten, war es im Wald stockfinster geworden.

Gretel fing an jämmerlich zu weinen. „Wie werden wir je wieder nach Hause finden?"

„Wir müssen nur warten bis der Mond aufgeht und dann werden wir die weißen Steinchen glitzern sehen."

Gretel beobachtete wie der Mond aufging und die Finsternis erhellte. Gretel hielt sich an ihres Bruders Hand fest und die schimmernden Kieselsteine halfen ihnen, den Weg nach Hause zu finden.

When they awoke the woods were pitch black.

Gretel cried miserably, "How will we get home?"

"Just wait until the full moon rises," said Hansel. "Then we will see the shiny pebbles."

Gretel watched the darkness turn to moonlight. She held her brother's hand and together they walked, finding their way by the light of the glittering pebbles.

Gegen Morgen kamen sie an der Hütte des Holzfällers an. Als sie die Tür aufmachten, schrie ihre Mutter: „Warum habt ihr so lange im Wald geschlafen? Wir glaubten schon, ihr würdet nie wieder nach Hause kommen."
Sie war wütend, aber der Vater war glücklich, seine Kinder wiederzuhaben. Er hatte nie gewollt, daß seine Kinder im Wald zurückblieben.

Die Zeit verging, die Hungersnot dauerte an und wie zuvor hatte die Famile nicht genug zu essen.
Eines Abends hörten die Kinder die Mutter sagen: „Wir müssen die Kinder loswerden. Wir müssen sie tiefer in den Wald führen, diesmal dürfen sie nicht wieder nach Hause finden."
Leise kroch Hänsel aus dem Bett, um wieder weiße Kieselsteinchen zu sammeln, aber diesmal fand er die Haustür verschlossen.
„Du musst nicht weinen", sagte er zu Gretel, „du kannst ruhig schlafen, mir wird schon was einfallen."

Towards morning they reached the woodcutter's cottage.
As she opened the door their mother yelled, "Why have you slept so long in the woods? I thought you were never coming home."
She was furious, but their father was happy. He had hated leaving them all alone.

Time passed. Still there was not enough food to feed the family.
One night Hansel and Gretel overheard their mother saying, "The children must go. We will take them further into the woods. This time they will not find their way out."
Hansel crept from his bed to collect pebbles again but this time the door was locked.
"Don't cry," he told Gretel. "I will think of something. Go to sleep now."

Am nächsten Tag gab die Mutter den Kindern ein noch kleineres Stück Brot und dann führten die Eltern die Kinder so tief in den Wald wie nie zuvor. Auf dem Weg dahin warf Hänsel ab und zu ein paar Krümel von seinem Brot auf den Pfad.

Wieder zündeten die Eltern ein Feuer an und sagten zu den Kindern, sie sollten ruhig ein bißchen schlafen. „Wir gehen Holz schlagen", sagte ihre Mutter, „und kommen euch dann abholen."

Gretel teilte ihr Brot mit Hänsel und dann warteten sie und warteten - aber niemand kam.

„Wenn der Mond aufgeht, werden wir die Brotkrümel sehen und unsern Weg nach Hause finden", sagte Hänsel.

Der Mond ging auf, aber die Krümel waren verschwunden. Die Vögel und andere Tiere hatten sie alle aufgefressen.

The next day, with even smaller pieces of bread for their journey, the children were led to a place deep in the woods where they had never been before. Every now and then Hansel stopped and threw crumbs onto the ground.

Their parents lit a fire and told them to sleep. "We are going to cut wood, and will fetch you when the work is done," said their mother.

Gretel shared her bread with Hansel and they both waited and waited. But no one came.

"When the moon rises we'll see the crumbs of bread and find our way home," said Hansel.

The moon rose but the crumbs were gone.

The birds and animals of the wood had eaten every one.

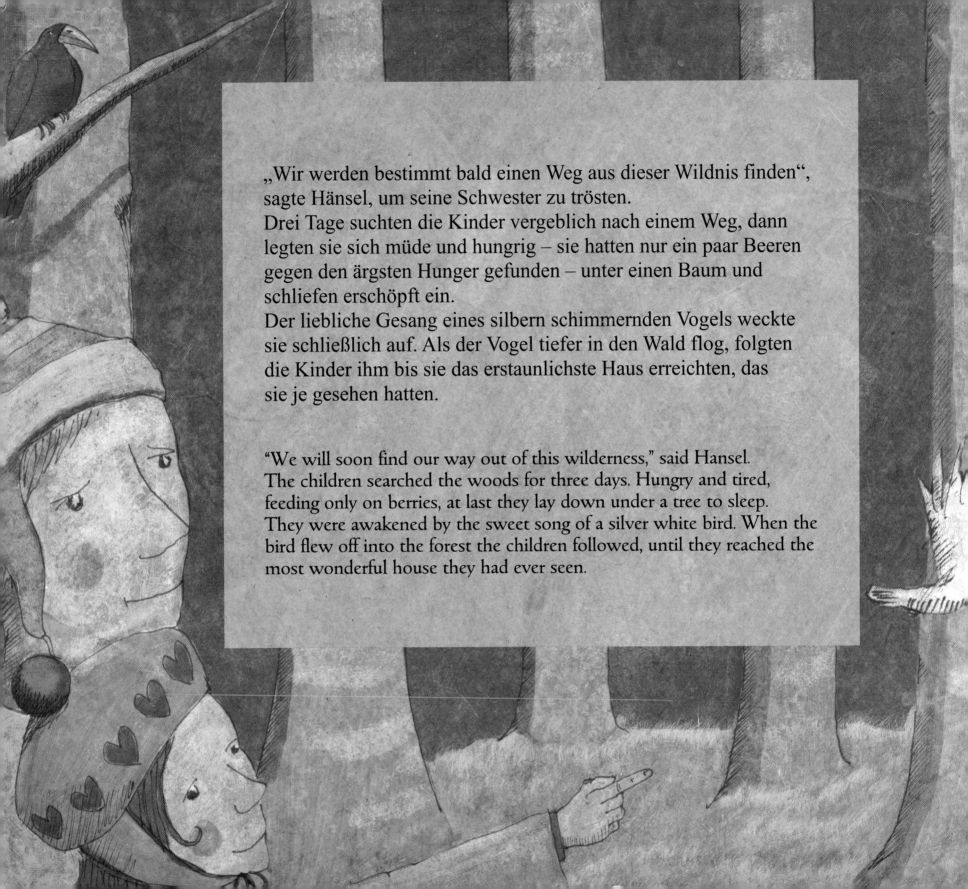

„Wir werden bestimmt bald einen Weg aus dieser Wildnis finden",
sagte Hänsel, um seine Schwester zu trösten.
Drei Tage suchten die Kinder vergeblich nach einem Weg, dann
legten sie sich müde und hungrig – sie hatten nur ein paar Beeren
gegen den ärgsten Hunger gefunden – unter einen Baum und
schliefen erschöpft ein.
Der liebliche Gesang eines silbern schimmernden Vogels weckte
sie schließlich auf. Als der Vogel tiefer in den Wald flog, folgten
die Kinder ihm bis sie das erstaunlichste Haus erreichten, das
sie je gesehen hatten.

"We will soon find our way out of this wilderness," said Hansel.
The children searched the woods for three days. Hungry and tired,
feeding only on berries, at last they lay down under a tree to sleep.
They were awakened by the sweet song of a silver white bird. When the
bird flew off into the forest the children followed, until they reached the
most wonderful house they had ever seen.

The walls were tiled with strawberry tarts,
the roof was made of chocolate hearts.
Around the windows were caramel frames
and the pathway was lined with candy canes.
"Now we can eat!" said Hansel and he bit off
a piece of the roof.
Suddenly, they heard a voice. "Jimney, Jimney,
who's that nibbling at my chimney?"
"It's the wind, it blows right in," they
answered, and went on eating.
All at once the door opened and a strange,
shrivelled woman appeared. Beyond her tiny
spectacles she had blood red eyes.
Hansel and Gretel were so frightened they
dropped their sweets.
"What brought you here, my dears?" she said.
"If it is hunger, then come and see what I
have for you."
She took them by the hand and led them
into her little house.

Seine Wände bestanden aus Erdbeertörtchen und
sein Dach war mit Schokoladenherzen gedeckt.
Die Fensterramen waren aus Sahnebonbons
gemacht und der Weg, der zu dem Haus führte,
war mit Zuckerstangen eingefasst.
„Jetzt können wir uns richtig sattessen", rief
Hänsel und brach sich ein Stück Schokolade
vom Dach ab.
Da hörten sie plötzlich eine Stimme: „Knusper,
Knusper, Knäuschen! Wer knuspert an meinem
Häuschen?"
„Der Wind, der Wind, das himmlische Kind",
antworteten sie und aßen ruhig weiter.
Da öffnete sich plötzlich die Tür und eine seltsame,
verhutzelte alte Frau kam heraus. Hinter ihrer
kleinen Brille funkelten blutrote Augen.
Hänsel und Gretel erschraken so fürchterlich, dass
sie alle Süßigkeiten fallen ließen.
„Was hat euch denn hierher geführt, ihr Lieben?",
fragte sie, „wenn es Hunger war, dann kommt
herein und seht, was ich sonst noch für euch habe."
Sie nahm die Kinder bei der Hand und führte sie
ins Haus.

Hänsel und Gretel wurden mit vielerlei guten Dingen gefüttert: Äpfeln und Nüssen, Milch und von Honig tropfenden Eierkuchen.
Dann durften sie sich in zwei kleinen mit blütenweißem Leinen bezognen Betten ausschlafen.
Die alte Frau musterte sie mit zusammengekniffnen Augen und murmelte: „Ihr seid so schrecklich mager! Träumt süß heute Nacht, denn morgen wird ein Albtraum für euch beginnen."
Die merkwürdige Alte hatte sich mit ihrer Freundlichkeit nur verstellt, in Wirklichkeit war sie eine böse Hexe!

Hansel and Gretel were given all good things to eat! Apples and nuts, milk, and pancakes covered in honey.
Afterwards they lay down in two little beds covered with white linen and slept as though they were in heaven.
Peering closely at them, the woman said, "You're both so thin. Dream sweet dreams for now, for tomorrow your nightmares will begin!"
The strange woman with an edible house and poor eyesight had only pretended to be friendly.
Really, she was a wicked witch!

Am nächsten Morgen fing die böse Hexe Hänsel und steckte ihn in einen Käfig.
Gefangen und verzweifelt, schrie er um Hilfe. Gretel kam gerannt und rief,
„was machst du da mit meinem Bruder?"
Die Hexe lachte und rollte ihre blutroten Augen. „Ich werde ihn mästen, damit
ich ihn essen kann, und du wirst mir dabei helfen, meine Kleine", antwortete sie.
Gretel erschrak fürchterlich.
Sie wurde in die Küche geschickt und musste Berge von Essen bereiten,
um ihren Bruder zu mästen.
Aber Hänsel weigerte sich fett zu werden.

In the morning the evil witch seized Hansel and shoved him
into a cage. Trapped and terrified he screamed for help.
Gretel came running. "What are you doing to my
brother?" she cried.
The witch laughed and rolled her blood red eyes.
"I'm getting him ready to eat," she replied. "And you're
going to help me, young child."
Gretel was horrified.
She was sent to work in the witch's kitchen where
she prepared great helpings of food for her brother.
But her brother refused to get fat.

Jeden Tag ging die Hexe zu Hänsels Käfig und sagte, „steck deinen Finger raus, damit ich fühlen kann, ob du schon fett bist."
Hänsel steckte ein Hühnerknöchelchen, das er in seiner Hosentasche gefunden hatte, durch das Gitter.
Die Hexe, die halb blind war, konnte nicht verstehen, warum er noch immer so klapperdürr war.
Nach drei Wochen verlor sie aber die Geduld: „Gretel", befahl sie, „geh und hole Holz, damit wir den Jungen endlich in den Backofen schieben können."

The witch visited Hansel every day. "Stick out your finger," she snapped. "So I can feel how plump you are!"
Hansel poked out a lucky wishbone he'd kept in his pocket.
The witch, who as you know had very poor eyesight, just couldn't understand why the boy stayed boney thin.
After three weeks she lost her patience.
"Gretel, fetch the wood and hurry up, we're going to get that boy in the cooking pot," said the witch.

So langsam wie möglich machte Gretel im Küchenherd ein Feuer, aber die Hexe wurde ungeduldig, „Das Feuer muss doch längst heiß sein", schrie sie Gretel an, „kriech in den Ofen und sieh, ob er warm genug ist."
Gretel ahnte aber, was die Hexe vorhatte. „Ich weiss nicht wie ich das anstellen soll", sagte sie.
„Du dumme Gans, sei doch nicht so dämlich!", schimpfte die Hexe, „die Ofentür ist doch groß genug, ich kann ja ohne Mühe reinkriechen."
Und um es zu beweisen, steckte sie ihren Kopf in den Ofen.
Blitzschnell gab Gretel ihr einen kräftigen Stoß und die Hexe landete in dem brennenden Ofen. Gretel schloss die Ofentür, schob den Riegel vor und rannte zu Hänsel. „Die Hexe ist tot!", rief sie. „Die Hexe ist tot! Die böse, böse Hexe lebt nicht mehr!"

Gretel slowly stoked the fire for the wood-burning oven.
The witch became impatient. "That oven should be ready by now. Get inside and see if it's hot enough!" she screamed.
Gretel knew exactly what the witch had in mind. "I don't know how," she said.
"Idiot, you idiot girl!" the witch ranted. "The door is wide enough, even I can get inside!"
And to prove it she stuck her head right in.
Quick as lightning, Gretel pushed the rest of the witch into the burning oven. She shut and bolted the iron door and ran to Hansel shouting: "The witch is dead! The witch is dead! That's the end of the wicked witch!"

Hänsel sprang aus seinem Käfig; wie ein Vogel,
der der Gefangenschaft entflieht.

Hansel sprang from the cage like a bird in flight.

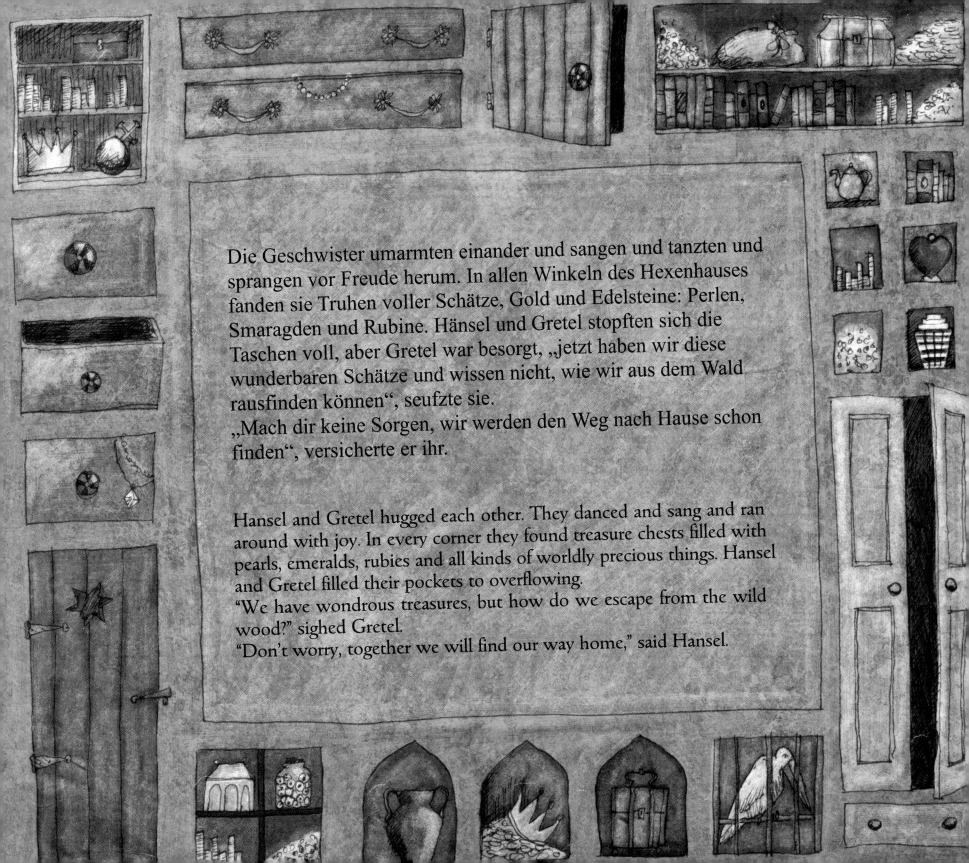

Die Geschwister umarmten einander und sangen und tanzten und sprangen vor Freude herum. In allen Winkeln des Hexenhauses fanden sie Truhen voller Schätze, Gold und Edelsteine: Perlen, Smaragden und Rubine. Hänsel und Gretel stopften sich die Taschen voll, aber Gretel war besorgt, „jetzt haben wir diese wunderbaren Schätze und wissen nicht, wie wir aus dem Wald rausfinden können", seufzte sie.

„Mach dir keine Sorgen, wir werden den Weg nach Hause schon finden", versicherte er ihr.

Hansel and Gretel hugged each other. They danced and sang and ran around with joy. In every corner they found treasure chests filled with pearls, emeralds, rubies and all kinds of worldly precious things. Hansel and Gretel filled their pockets to overflowing.

"We have wondrous treasures, but how do we escape from the wild wood?" sighed Gretel.

"Don't worry, together we will find our way home," said Hansel.

Nachdem sie drei Stunden gelaufen waren, kamen sie an einen Fluss.
„Hier kommen wir nicht weiter", sagte Hänsel. „Es gibt weder ein Boot, noch eine Brücke, nur strömendes Wasser."
„Guck doch, da schwimmt eine weiße Ente auf den Wellen", rief Gretel aufgeregt, „vielleicht kann die uns helfen!"
Und dann sangen sie beide: „Liebe Ente, kannst du uns hören, liebe Ente, wir wollen nicht stören. Das Wasser ist tief, das Wasser ist breit, willst du es wagen, uns hinüber zu tragen?"
Die kleine Ente kam zu ihnen geschwommen und trug erst Hänsel und dann Gretel auf ihrem Rücken über den Fluss.
Als sie beide auf der andren Seite waren, kam ihnen plötzlich alles ganz bekannt vor.

After three hours they came upon a stretch of water.
"We cannot cross," said Hansel. "There's no boat, no bridge, just clear blue water."
"Look! Over the ripples, a pure white duck is sailing," said Gretel. "Maybe she can help us."
Together they sang: "Little duck whose white wings glisten, please listen.
The water is deep, the water is wide, could you carry us across to the other side?"
The duck swam towards them and carried first Hansel and then Gretel safely across the water.
On the other side they met a familiar world.

Schritt für Schritt fanden sie ihren Weg zu der Holzfäller Hütte.
„Wir sind zu Hause!", riefen die Kinder.
Ihr Vater strahlte über das ganze Gesicht.
„Seit ihr fort wart, hatte ich keinen glücklichen Augenblick", sagte er, „ich habe euch überall gesucht."

Step by step, they found their way back to the woodcutter's cottage.
"We're home!" the children shouted.
Their father beamed from ear to ear. "I haven't spent one happy moment since you've been gone," he said.
"I searched, everywhere..."

„Und Mutter?"

„Mutter ist von uns fortgegangen. Als wir nichts mehr zu essen hatten, ist sie aus dem Haus gestürmt und hat geschrien, ich würde sie nie wiedersehen. Jetzt gibt es nur noch uns drei hier."

„Und die Schätze, die wir mitgebracht haben", sagte Hänsel, griff in seine Tasche und zeigte seinem Vater eine fehlerlose weiße Perle.

„Gut", sagte der Vater, „mir scheint, daß wir uns keine Sorgen mehr zu machen brauchen."

"And Mother?"

"She's gone! When there was nothing left to eat she stormed out saying I would never see her again. Now there are just the three of us."

"And our precious gems," said Hansel as he slipped a hand into his pocket and produced a snow white pearl.

"Well," said their father, "it seems all our problems are at an end!"